¿Quién va a la escuela?

Contado por Margaret Hillert
Ilustrado por Viki Woodworth

NORWOOD HOUSE PRESS

Querido padre o tutor:

Es posible que los libros de esta serie de Cuentos fáciles - para empezar a leer le resulten familiares, ya que las versiones originales de los mismos podrían haber formado parte de sus primeras lecturas. Estos textos, cuidadosamente escritos, incluyen palabras de uso frecuente que le proveen al niño la oportunidad de familiarizarse con las más comúnmente usadas en el lenguaje escrito. Estas nuevas versiones en español han sido traducidas con cuidado, e incluyen encantadoras ilustraciones, sumamente atractivas, para una nueva generación de pequeños lectores.

Primero, léale el cuento al niño, después permita que él lea las palabras con las que esté familiarizado, y pronto podrá leer solito todo el cuento. En cada paso, elogie el esfuerzo del niño para que desarrolle confianza como lector independiente. Hable sobre las ilustraciones y anime al niño a relacionar el cuento con su propia vida.

Al final de cada cuento, hay una lista de palabras que ayudarán a su hijo a practicarlas y reconocerlas en un texto.

Sobre todo, la parte más importante de toda la experiencia de la lectura es ¡divertirse y disfrutarla!

Shannon Cannon

Shannon Cannon, Ph.D.,
Consultora de lectoescritura

Norwood House Press • www.norwoodhousepress.com
Beginning-to-Read™ is a registered trademark of Norwood House Press.
Illustration and cover design copyright ©2021 by Norwood House Press. All Rights Reserved.

Authorized adaption from the U.S. English language edition, entitled *Who Goes to School?* by Margaret Hillert. Copyright © 2017 Margaret Hillert. Adaptation Copyright © 2021 Margaret Hillert. Translated and adapted with permission. All rights reserved. Pearson and *Who Goes to School?* are trademarks, in the US and/or other countries, of Pearson Education, Inc. or its affiliates. This publication is protected by copyright, and prior permission to re-use in any way in any format is required by both Norwood House Press and Pearson Education. This book is authorized in the United States for use in schools and public libraries.

Designer: Lindaanne Donohoe | Editorial Production: Lisa Walsh | Translator: Kamel Perez

LIBRARY OF CONGRESS CATALOGING-IN-PUBLICATION DATA
Names: Hillert, Margaret, author. | Woodworth, Viki, illustrator.
Title: ¿Quién va a la escuela? / contado por Margaret Hillert ; ilustrado por Viki Woodworth.
Other titles: Who goes to school? Spanish
Description: [Chicago, IL] : Norwood House Press, [2021] | Series: A beginning-to-read book | "Authorized adaption from the U.S. English language edition, entitled Who Goes to School? by Margaret Hillert"—Title page verso. | Originally published in English by Follett Publishing Company in 1981 under title: Who goes to school? | Summary: "Shows various types of animals at work and training as service, show and farm animals. Concludes that school is something for both animals and children. Spanish only text, includes Spanish word list"— Provided by publisher. | Audience: Ages 5-8. (provided by Norwood House Press.) | Audience: Grades K-1. (provided by Norwood House Press.) | Description based on print version record and CIP data provided by publisher; resource not viewed.
Identifiers: LCCN 2019040655 (print) | LCCN 2019040656 (ebook) | ISBN 9781684045754 (epub) | ISBN 9781684508679 (hardcover) | ISBN 9781684045471 (paperback)
Subjects: | CYAC: Animals—Training—Fiction. | Working animals—Fiction. | Schools—Fiction. | Spanish language materials.
Classification: LCC PZ73 (ebook) | LCC PZ73 .H55721145 2021 (print) | DDC [E]—dc23

Hardcover ISBN: 978-1-68450-867-9   Paperback ISBN: 978-1-68404-547-1

328N—072020

Manufactured in the United States of America in North Mankato, Minnesota.

¿Quién va a la escuela?
¿Puedes adivinar?
No, no.
No puedes adivinar,
pero ya verás.

Mira aquí.
Mira esto.
Esta es una escuela.
Una escuela para perros.

El perro se sentará.
El perro caminará.
El perro irá contigo.
Esto está bien.

Aquí también hay una escuela.
Y aquí están los perros grandes.
Mira lo que pueden hacer estos
perros grandes.

Este perro se sube a un coche.
Este perro trabajará.
Él trabajará con el hombre.

Aquí hay un perro bueno.
Ve cómo trabaja este perro.
Él es de gran ayuda.

El perro irá afuera.
Él buscará y buscará.
Él encontrará a alguien.

Mira este perro.
¿Qué puede hacer?
¿Para qué es útil?

Este perro puede trabajar.
Él hace un buen trabajo.
Él puede ayudar al hombre que
no puede ver.

Y mira a esta pequeñita.
¿Qué puede hacer ella?
Oh, mira esto.

¡Ella lo hizo!
¡Ella lo hizo!
Qué buena es ella.
Qué divertido es esto.

Aquí hay un bebé grande.
También puede hacer algo.

Se puede sentar.

Y aquí hay gatos grandes.
Gatos grandes, grandes.

Gatos en la escuela.

Los gatos grandes se sientan.
Los gatos grandes juegan.
Nos gusta ver esto.

Los gatos pequeños
también van a la escuela.
Mira a este gato.
Qué bonito.

Ahora mira la TV.
Aquí está la gata pequeña.
Mira qué trabajo puede hacer.
Ella sale en la TV.

Está gata agarra algo.

Ella consigue algo pequeño.
Ella es de mucha ayuda.

Este gato también ayuda.
Al hombre le gusta este gato.
Qué buen gato pequeño.

Aquí hay una escuela.
Niños y niñas van a esta escuela.

¿Tú también vas a la escuela?

Si, tú vas.
Tú lees.
Tú trabajas.
Tú juegas, también.

Tú te diviertes aquí.
Es divertido ir a la escuela.

LISTA DE PALABRAS

a	él	la	sentar
adivinar	ella	le	sentará
afuera	en	lees	si
agarra	encontrará	lo	sientan
ahora	es	los	sube
al	escuela	mira	también
algo	esta	mucha	te
alguien	está	niñas	trabaja
aquí	están	niños	trabajar
ayuda	este	no	trabajará
ayudar	esto	nos	trabajas
bebé	estos	oh	trabajo
bien	gata	para	tú
bonito	gato	pequeña	TV
buen	gatos	pequeñita	un
buena	gran	pequeño	una
bueno	grande	pequeños	útil
buscará	grandes	pero	va
caminará	gusta	perro	van
coche	hace	perros	vas
cómo	hacer	puede	ve
con	hay	pueden	ver
consigue	hizo	puedes	verás
contigo	hombre	que	y
de	ir	qué	ya
divertido	irá	quién	
diviertes	juegan	sale	
el	juegas	se	

ACERCA DE LA AUTORA

Margaret Hillert ha ayudado a millones de niños de todo el mundo a aprender a leer independientemente. Fue maestra de primer grado por 34 años y durante esa época empezó a escribir libros con los que sus estudiantes pudieran ganar confianza en la lectura y pudieran, al mismo tiempo, disfrutarla. Ha escrito más de 100 libros para niños que comienzan a leer. De niña, disfrutaba escribiendo poesía y, de adulta, continuó su escritura poética tanto para niños como para adultos.

Fotografía por Glenna Washburn

ACERCA DE LA ILUSTRADORA

Viki Woodworth es una artista e ilustradora y sus obras han aparecido en muchos libros para niños, materiales educativos, revistas, y libros de actividades. Su estilo de arte divertido y caprichoso ha entretenido y encantado a niños por muchos años. Ella vive con su esposo en el Midwest.

5